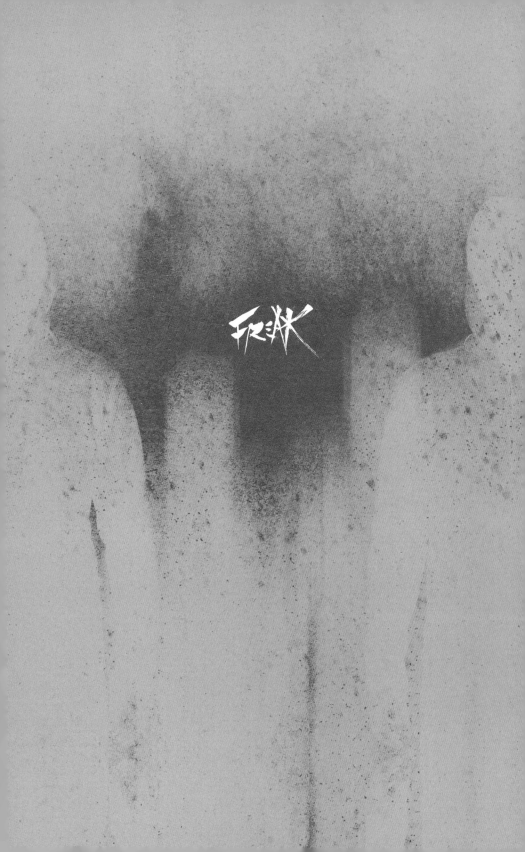

FREAK

1

Story 신진우 × 홍순식 Art

차
례

사냥 중 최고는 사람 사냥이며,
무고한 사람을 오랫동안 사냥하고,
또 그걸 즐긴 사람은 그 어떤 즐거움도 결코 가질 수 없다.

어니스트 헤밍웨이

Episode 1. **Pedophilia**

여러분, 천천히
내리세요.

네에~!

엄마!

선생님,
찬이가 자꾸
뽀뽀하려고
그래요!

내가 언제!

엄마!

윤진이
배고프지?

응!

...

수영아.

엄마
안 오셨니?

네.

엄마한테
전화해봐.

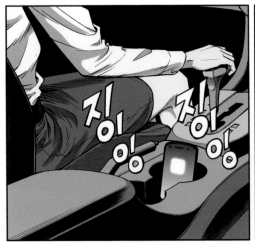

여보세요?

수영이니?

벌써
도착했어?

미안해,
수영아.

차가
많이 막혀서
좀 늦을 것 같네.

프릭
FREAK

Story by **Shin Jin-Woo**
Art by **Hong Soun-Sik**

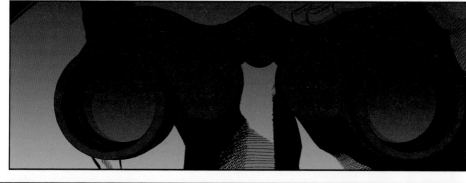

반장님.

놈들이
거래를
시작했습니다.

오케이.
우리가
지원 갈 때까지
기다려.
20분 안에
도착한다.

알았지?
저번처럼 혼자
덮치지 말고
지켜보기만 해.

핏
식

툭

김 형사,
알았어?

왜 대답이 없어?
어이!

야, 김 형사.
대답 안 해!
인마. 독고다이처럼
단독 행동하지
말라니까!

야, 김준!

철컥

다음에
또 봅시다.

언제든지
연락
주시오.

저벅 저벅

저벅

응?

넌 뭐야!

저벅

저벅

저벅

저벅

경찰이다.

너희를
마약류 관리에 관한
법률 위반 혐의로
긴급체포한다.

흥, 짭새?
야심한 밤에
혼자 고생이
많으시구만.

정중히
묻어드려라.

죽어라!

최, 최루탄…!?

야, 뭐 해!
죽여버려!

네,
형님!

으아악!

미,
미친 새끼…!

최루탄을
직격으로
쏘다니!

그러고도
민주 경찰…

골록

골록

제기랄,
너무 매워…!

이봐,
항복이야.
항복이라구!

퍼억

후우

후우

호흐. 개자식,
이 정도면
죽었겠지?
꼴좋다.

응?

우아아액!

미친 새끼!

네가 이기나
내가 이기나
해보자!

으아아아아!

자, 잠깐만…!
항복!
때리지 마!

넌 변호사를 선임할 수 있으며, 원한다면 국가가 변호사를 구해줄 수 있다.

미란다원칙 고지.

또 묵비권을 행사할 수 있으며,

사, 살려줘. 그만 하라구!

넌 형사가 아냐. 미친 또라이 새끼…!

지금부터 네가 하는 말은 법정에서 불리한 증언으로 쓰일 수 있다. 알아들었나?

그래, 넌 형사의 탈을 쓴 싸이코라구…!

저 배낭은 뭐지?

아직 멀쩡한 것 같은데 이런 걸 버리나. 요즘 젊은 사람들은 참… 쯧쯧.

찌이익

안에 뭐가 들었는지 한번 볼까?

아악!

으아아악!

흑…

흐윽…

아빠…

사…
살려주세요…!

오래간만이다.
짭새, 이 씨발놈아.

*까이: '여자'를 지칭하는 비속어

너,
넌…?

우, 우리 집을
어떻게
알고…!?

내가 학교에서
노리개 역할
하는 동안
네놈은 예쁜
까이* 얻어서
결혼까지
했더군.

졸업하고 날
잡아 처넣은
네놈 뒤만 졸졸
따라다녔지.
흐흐.

세상 참
엿 같애.
돈 있는 놈은
예쁜 마누라랑
침대를 뒹굴 동안,
돈 없는 놈은
우락부락한 사내들
밑에 깔려 있는 게
세상이니 말야.

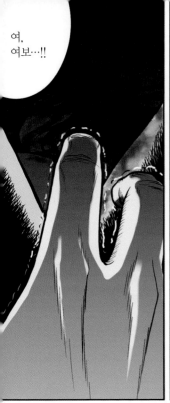

여,
여보…!!

너, 이 개자식!
내 마누라를!

가만
안 두겠어,
죽여
버릴 거야!

워, 워.

귀여운 따님
앞에서 험한 말
쓰면 되나.
크크.

아,
아빠…!

너무 무서워…

흐윽.

수아야.
울지 마렴.
괜찮을 거야…

이봐, 도대체 뭘 원하는 거야?

수아? 이름이 참 예쁘군.

이 아일 살리고 싶나?

그래. 제발 수아는 보내줘.

뭘 원해? 원하는 것이 있다면 다 줄게. 그러니 제발…

자살해.

그럼 이 아이는 살려주지.

딸 앞에서 자살하라고. 그럼 용서해줄게.

뭐…?

싫어?

죽긴 싫은 모양이군.

이봐, 내 말 들어봐.

이건 바보짓이야. 피차 손해라고. 내가 도와줄게. 응?

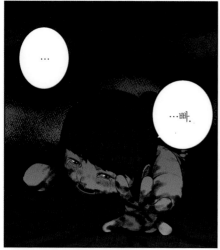

악몽을 꿨나?

옷 갈아입고
나가겠습니다.

…출동입니까?

그래. 미안하지만
일손이 부족해.
자네 비번이지만
도와줬으면 하는데…

밖에서
기다리지.

여기야.

무슨 사건입니까?
반장님.

여아 토막살해
사건이야.

!

오늘 아침에
사지가 절단된 채
등산용 배낭에
담겨 있는 것을
청소부가
발견했다는군.

자세한 건
가면서 설명하지.

부웅

반장님,
나오셨습니까?

그래,
고생들 많다.

뭐 좀
알아낸 거
있나?

보시다시피
사체는 옷이 모두
벗겨진 채 토막 난
상태로 발견돼서 신원
파악에 시간이 좀
걸릴 것 같습니다.
현장 감식 중이지만
유류품도 없고…

부검은
현장 사진
촬영 끝나는 대로
국과수로 옮겨서
할 예정입니다.

박 형사는 감식팀과 함께
증거물이 있는지 샅샅이 훑어봐.
목격자가 있는지 주변
탐문도 하고.

송 형사는
전국에 실종, 가출 신고된
아동들 조사해서 피해자 신원부터
파악하게. 검안 결과도 챙기고.

예.

아…빠.
살려…
줘…

우욱!

그리고,
김 형사는
…

어…?
김준 이 친구,
금방 어디 갔어?

우욱…

푸우…

우웨엑!!

수아야…

손수건
안 필요하세요?

?

오랜만이네요?
김 형사님.

미국에선 언제 돌아온 거야?

몇 번 연락드렸는데 전화를 안 받으시던데요.

5개월 전에요.

NO:002117

경찰공무원증

차서연

과학수사계
범죄심리분석관

서울지방경찰청장

POLICE IDENTIFICATION

바빠서…

그러시겠죠.

그럼 이만. 수고해.

바보···

청소부 양OO 씨가 배낭을 발견한 건 06시 30분 경입니다.

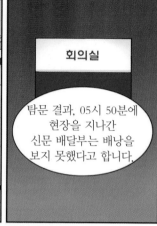

탐문 결과, 05시 50분에 현장을 지나간 신문 배달부는 배낭을 보지 못했다고 합니다.

하지만 매일 아침 운동을 하는 주민 한 분이 06시 10분경에 골목을 지나가면서 배낭을 봤다고 했습니다.

좋아, 그럼 범인은 05시 50분에서 06시 10분 사이에 사체를 유기했다는 말이군.

CCTV는 확인해봤나?

확인 중이지만… 골목들이 워낙 미로처럼 얽혀 있어서 용의자 파악은 힘들 것 같습니다.

단서가 될 만한 유류품도 없고요.

그 아이 신원 파악은 됐나?

으음... 검안 결과는?

사체는 총 열 조각으로 절단되어 있으며, 발견 당시 사체가 녹지 않은 것으로 보아 범인은 현장 주변 거주자일 확률이 높습니다.

예. 열흘 전 ○○동에서 실종 신고된

이수영이라는 여자아이가 피해자인 듯 합니다. 정확한 신원 확인을 위해 부모가 이쪽으로 오는 중입니다.

나는 신이다

미상

로 절단

정신

로 발견.

또 사체 이마에 '나는 신이다'라고 쓴 것으로 보아 과시욕이 큰 정신이상자로 추정됩니다.

척

그럼 반경 2km 내에
거주하는 정신병력자,
납치와 유괴 전과자들
리스트 뽑아서
아이가 실종된
당일 행적 조사해봐.

그리고,
다들 입 조심해.
특히 이마에 써진
'나는 신이다'는
모방 범죄 가능성이
높으니까 언론엔
당분간 비밀로
하도록.

자,
모두 빨리
움직여!

혹시
김준 경장님
아니십니까?

아이고, 이거
오랜만입니다아?
현장 복귀하신 거 보니
부상에서
완쾌되셨나 보네요.
축하드립니다.

실례지만 누구…신지?

아, 제 소개가 늦었군요.

A일보 사회부 이정우 기자임다.

일보

사회부

이정우 기자

Mobile 010 2761 0
Blog www.leejw

작년에 김 경장님 가족 몰살 사건으로 도꼬다이* 터뜨려서 '올해의 기자상' 수상했습죠.

기자라는 직업이 참 아이러니해요. 남의 불행을 제일 먼저 알렸다고 상도 타고 돈도 받으니 말이죠.

*도꼬다이: 특종을 뜻하는 은어

그건 그렇고… 이번에 여아 토막살해 사건 맡으셨나 봅니다.

혹시 방금 나온
따끈따끈한 소스 없나요?
요즘 독자들은 쇼킹하고
잔인한 걸 좋아하는데.

...

드릴 말씀 없습니다.
궁금한 건 공식
브리핑 때 물어보시죠.
그럼.

어라?

휙

빼지 말고
한 말씀만
해주시죠.

독자들은 알 권리가 있습니다! 김 경장님, 잠시만요!

참 나, 옛날 얘기 좀 했다고 남자 새끼가 삐지긴…

누군 좋아서 이 일 하는 줄 아나. 니미, 피차 남의 불행으로 밥 빌어먹는 처지에 그러려니 하고 넘어가지 뭘 꼬나보고 지랄이야, 지랄이…

왜 똥 씹은 얼굴이야?

사스마리* 한 놈이 달라붙어서요.

A일보 이정우?

*사스마리: 경찰서 출입하는 사회부 시건 사고 담당 기자

똥 씹은 게 아니라 똥파리를 만났구먼.

똥파리?

똥파리처럼 끈질기게 달라붙는다고 해서 붙여진 별명이지. 아주 진상이야.

그 자식 앞에서 입조심하라고. 훅 간 인간이 한둘이 아냐.

아니야─!

70

절대 아냐.
수영이가
아닐 거야…

여보, 아니지?
그렇다고 말해줘…
수영이가 아니지?

제발…
아니라고
말해줘.
제발!

수영아!
맛있는 거
사달라더니
이렇게
돌아오면
어떡하니…

팡

팡

팡

이건
아냐-!

파

팟

팡

팡

다들 뭐 해?
범인 잡으러
나가자고.

경찰입니다.
옆 101호의 박인수 씨
찾아왔는데요.

아, 옆집 아저씨요?
어디 직장
나가는 것 같던데…

왜요?
무슨 일
있어요?

아닙니다.
혹시 직장이
어딘지
아십니까?

글쎄요. 그리 친하게
지내는 편이
아니라서…

저이잉

네,
알겠습니다.
감사합니다.

꾹

메세지 도착

오늘 저녁 같이 먹어요
이번에도 문자 씹으면
진짜 화 낼거에요. --;
답문자 꼭 부탁해요 ^^
[차서연]

설정   메뉴   저장

뉴스　스포츠　연예　판　화제　🕒 시간별뉴스

· 4세 여아, 실종 열흘 만에 토막시체로 발견
· 계속되는 아동 범죄 | 절실한 대책 필요
· '이청용 출전' 볼턴, 번리에게 패 | '8월 1할4푼' 정군우, SK 상승네
· '메어퀸' 김우정 연기력 이정도였나 | 강호동 복귀, 유재석은 왜
· 제주 올레길 살인 1개월…무엇이 달라
· 일본서 대장균에 감염된 절인 배추 먹
· 응급실 운영포기·의사 집단사표 속출…
· 시민단체 '학생 스마트폰 오남용 방지' 법안 추진
· "김용순·이성훈처럼" 봉중군, 마무리 전업 선언 3가지
· '아랑' 시청자 추리능력 시험하는 무서운 드라마

제서카 vs 크리스털

오예~
드디어
기사가
나왔네?

달각

어디
볼까?

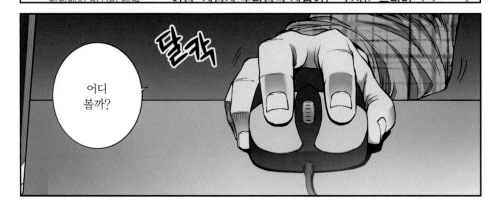

4세 여아, 실종 열흘 만에 토막시체로 발견!

이수영(4) 양의 어머니 박씨(35)는 울다 지쳐 탈진한 상태였다.

실종 10일 만에 딸이 싸늘한 주검이 되어 돌아왔다는 소식을 들은 후 물 한 모금 마시지 못한 박씨였다. 가족들은 범인의 잔혹함에 치를 떨었다.

한 주택가에서 발견된 수영 양의 시체는 얼굴과 팔·다리 등이 잘려 등산용 배낭에 담겨져 있었다.

아버지 이씨(38)는 "사람이 어떻게 그럴수가···. 애한테 어떻게 이럴 수가 있느냐"며 울먹였다. 또 실종 직후부터 전단 수천 장을 손수 붙이며 돌아다녔던 친척들은 "반드시 범인을 잡아야 한다"며 "경찰이 처음부터 유괴 사건으로 보고 제대로 수사만 했으면···"이라고 경찰을 원망했다.

브라보!

짝 짝 짝 짝

범행에 사용된 동종의 등산가방

수영 양의 토막 난 시체는 19일 오전 6시 30분경 등산용 배낭에 담겨 실종 장소로부터 1km쯤 떨어진 주택가 골목에서 발견됐다.

시체를 발견한 양모(58)씨는 "골목길에 배낭이 있어 열어보았더니 아이가 들어있었다"며 "시체가 냉장고에서 꺼낸 듯 얼어 있었다"고 말했다.

끼릭 끼릭

정신병자의 소행?

그래, 어떤 면에선 내가 사이코이긴 하지. 헤헤.

경찰은 인근 정신병자의 소행일 가능성이 큰 것으로
보고 있지만, 아버지 김씨 주변의 원한 관계 등에 대해서도
조사하고 있다.

그러나 경찰은 수영 양의 정확한 사망 시각을 파악하지
못하고 있다. 경찰은 "이런 범행의 경우 곧바로 살해했을
가능성이 크지만, 수영 양은 시신이 냉동된 채 보관돼
사망 시각을 추정하기 어렵다"고 말했다.

[A일보 사회부 이정우 기자]

뭐야?
이마에 쓴
'나는 신이다'
얘기는
왜 없는 거지?

좋아.
그럼 나 '신'께서
좀 더 센 걸
터트려주지.

난 친절
하니까~

짭새 나리들께서
소심하게
숨기는 건가?
크크.

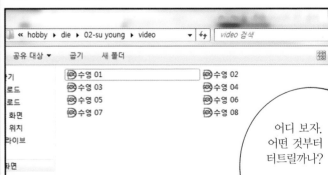

어디 보자.
어떤 것부터
터트릴까나?

일단 맛보기로
제일 약한 것부터
올려볼까…?

개, 봉, 박, 두~!

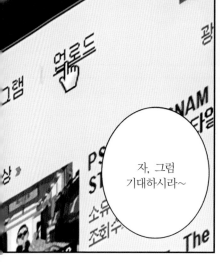

자, 그럼
기대하시라~

페도필리아
(pedophilia)?

소아성애증.
어린아이이게
성적 매력을 느끼는
성적 도착증의
일종이에요.

아동에 대해
강렬한 성적 욕구를
가지고 있고,
스트레스 및 대인 관계에
어려움을 겪는다고
하더군요.

그렇다면 범인이
여자아이에게
성욕을 느껴
납치, 살해 후
유기했다…?
그렇게 추정한
근거는?

사체를 유기한
방법을 보면
소아성애증의
전형적인
특징들이
나타나 있어요.

우선 아이의 옷을 모두 벗겼다는 점, 그리고 사체 중에 엉덩이 부위만 발견되지 않은 점. 또 깨끗하게 절단된 사체의 단면 처리 등으로 봐서,

범인은 꼼꼼하고 소심한 성격의 독신 남자로 판단돼요.

꼼꼼하고 소심한 성격의 독신남?

만난 적도 없는 범인을 어떻게 독신남이라고 판단하는 거지?

범인이 독신남이라고 생각한 근거는, 여아를 납치해서 욕망을 채우고, 살해한 후 사체를 토막내 냉동 보관한 점으로 보아 적어도 정상적인 가정을 가진 사람은 아닐 거라는 생각이 들었어요. 그 누구에게도 방해받지 않고 자신의 욕망을 실현시킬 공간이 있고, 그 공간에서 혼자 기거하는 사람일 가능성이 높다고 생각한 거죠.

제법 그럴듯한데?

제 일이 그거잖아요. 프로파일러.

그리고 프로파일링은 추론일 뿐이지, 100% 팩트는 아니에요. 신이 아닌 이상 과학수사에는 그 한계와 오류가 분명히 있죠.

84

좋아. 그럼 독신남
이라는 건 그렇다 치고,
꼼꼼하고 소심한 성격과
소아성애증은 어떤
관계가 있는 거야?

타인과의
만남에 대한
불안과 두려움 때문에
대인 관계를 회피하게 되는
회피성 성격장애
(Avoidant Personality
Disorder)로
발전할 수 있어요.

지나치게
꼼꼼한
성격을
가진
사람은,

회피성 성격장애를
가진 사람은 자신을
거절하지 않을 거라
확신이 드는 사람과만
인간관계를
맺으려고 하죠.

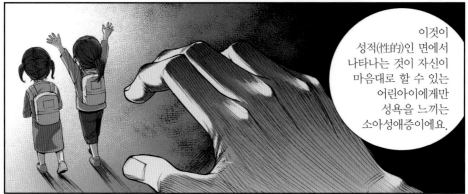

이것이
성적(性的)인 면에서
나타나는 것이 자신이
마음대로 할 수 있는
어린아이에게만
성욕을 느끼는
소아성애증이에요.

지이잉

지이잉

반장님

지이잉

통화 | 거부

네, 반장님.
김준입니다.

김 형사,
지금 당장 본청으로
와줘야겠어.
인터넷에
수영이 동영상이
유포됐는데
아주 난리가 났다.

네?

!

사이버 범죄 수사대
CYBER CRIME INVESTIGATION

제한구역
공무 외 출입금지

문제의 동영상이 인터넷에 업로드된 시각은 정확히 오늘 오후 18시 33분입니다.

동영상을 본 네티즌들의 잇따른 제보로 20시 35분경 저희 사이버 범죄 수사대가 영상을 입수했고,

동영상에 등장하는
여아의 신원을
확인한 결과,

열흘 전에
납치·살해된 이수영으로
최종 확인됐습니다.

거, 인터넷에 올렸다는 건
그만큼 많은 사람이 동영상을
봤다는 얘기겠지?

예. 국장님.

유튜브 측이
자체 모니터링도
하고 있고 저희가
긴급 공문을
보내기도 했습니다만,
워낙 많은 동영상이
계속 올라오다 보니…

이미 2만에 가까운 조회 수를 기록한 후에야 삭제된 것으로 파악하고 있습니다.

사이코 하나 때문에 여럿 목 잘리게 생겼구만.

그 개자식이 어디서 올렸는지 파악은 됐나?

현재 IP 추적 중입니다만, 중간에 해외를 경유했다면 시간이 제법 걸릴 겁니다. 또 해당 ID로 접속한 곳을 알아냈다 해도 PC방에서 업로드했거나 무선 IP를 해킹한 거라면 헛수고할 확률이…

야야, 오십 넘은 나 같은 컴맹한테 그런 설명이 통할 것 같니? 무조건 알아내. 알아낼 때까진 잠도 자지 마, 알았어?

예. 국장님.

그리고 그 동영상, 대체 어떤 내용이야? 한번 보기나 하자.

팟

딸깍

흑.

흐윽…
아저씨, 여긴
어디에요…?

엄마한테
데려다주세요.
제발요.

흑…

자, 아저씨 말 들어야
착한 어린이가 되는 거예요.
아저씬 착한 아이만
엄마한테 데려다줄 거예요.
알았어요?

흑흑…
네.

자, 이제 옷 벗고
아저씨랑 목욕할
시간이에요.
알았죠?

아저씨이…
자, 잘못했어요…

한 번만
용서해주세요…
흐윽.

싫어요…
아저씨.
이…러지 마세요.
흐으윽!

탁

잘 잤어?

?

께익

아, 네.
푹 잤습니다.
박 선배는요?

푹 자기는.
숙직실에서 밤새
잠꼬대를 한 게
누군데?

덕분에
나까지
잠 설쳤어.

그리고 식사할 땐
신문 치워.
밥맛 달아난다.

김 형사, 너무 스트레스
받지 말라구. 어차피 인터넷
발신지 밝혀지면 그때부터
발로 뛰어야 하는 건
우리니까.

맞아,
쉴 때는 푹 쉬어.
기다리는 것도
수사야.

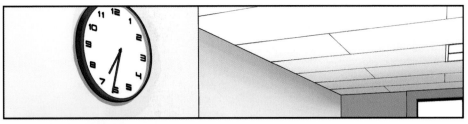

반장님, 일찍 나오셨네요. 아침은 드셨습니까?

그래, 자네들은?

구내식당에서 먹고 막 올라오는 길입니다.

집에도 못 가고 수고들 많네. 자, 다들 앉아서 간단하게 조회 시작하지.

우선 송 형사, 박 형사 조는 예전처럼 성범죄 전과자 리스트 뽑아서 탐문 수사 계속하고.

예. 알겠습니다.

그리고 김 형사는 오늘 이 친구랑 함께 PC방에 가봐. 동영상 발신처를 알아냈다는군.

?

이덕우라고 합니다.

사이버 범죄 수사대에서 지원 나온 친구야. 당분간 같이 행동하도록.

꾸벅

저…
안녕하세요.
선배님.

저, 이거 드시죠.
김준 선배님의 위명(?)은
들어서 익히 알고 있습니다.
말학을 잘 이끌어주시길
부탁드립니다.

뭐냐,
이 무협풍의
대사는.

너 혹시
별명이
'이덕후'냐?

헉!
어떻게
제 별명을
아셨죠?

이건
강력계
형사로서의
직감인가효?

정말
짱이십니다요!

얼굴 자체가
덕후스럽게 생겼구먼.
대사도 오덕오덕.

척 보면
답 나온다.

가자, 이덕후.

존멍!

근데 선배님. 제 이름은 덕우입니다. 이덕우요.

딸랑

서울청 강력계 김준 형삽니다. 사장님 되십니까?

예. 전데요, 무슨 일이십니까?

이 가게에 컴퓨터는 총 몇 대가 있나요?

총 80대 입니다만, 무슨 일로 그러시죠?

최근에 한 살인 사건 피해자의 성폭행 동영상이 인터넷에 공개되었습니다.

!

잠시만요. 설마 그 동영상이 우리 가게에서 업로드 되었다는 말씀인가요?

유감이지만 맞습니다.

털썩

말도 안 돼···

그래서 말인데요. 특정 일자 시간대에 특정 컴퓨터를 쓴 인물이 누구인지 알 수 있을까요?

그럼 지금 바로 조회해주시겠습니까?

네. 접수용 컴퓨터를 체크하면 바로 알 수 있습니다. 여기 카운터에서 자리를 배정받는 시스템이거든요.

네. 알겠습니다.

여기 아이피 주소와 시간입니다.

123.135.34.5
9/24   18시 33분

타타타탁

잠시만요.
확인해보겠습니다.

이 아이피 주소는 54번 컴퓨터네요. 어디 보자…

이거…
누군가가 비회원으로
사용했네요.

비회원요?

네. 잠시 들렀다가 가는
손님들이 비회원으로
그냥 이용하거든요.
이거 참.

흐음.

혹시 그날 그 시간대
CCTV 화면을
볼 수 있을까요?

글쎄요.
그게…

CCTV가 카운터만
보도록 각도를
잡아놔서요.
그렇게 큰 도움이
안 될 텐데…

알바애가
자꾸 삥땅을
치는 것 같아서…

엄마 언제 와? 나 열쇠 없어

까독

금방 갈게. 우리 딸. 좀만 기다려

금방 갈게. 우리 딸. 좀만 기다려

빨리 와 배고파

꼬마야.
집에 안 가고
여기서 뭐 하니?

· · ·

엄마
기다리는데요…

그래?

슥

그동안 이 아저씨가
함께 놀아줄까?

그래서 CCTV 화면을
부탁하긴 했는데
큰 기대는 안 하는 게
나을 거 같습니다.

또 50대 후반의
남자로 기억한다는
알바의 증언이 있긴 한데,
워낙 드나드는 손님이 많아
신빙성은 희박합니다.

탐문수사는?

이거 시간만
자꾸 잡아먹는군.
이쯤 되면 뭔가
나와서 물꼬를
터줘야 하는데
말이야.

저희도 큰 수확은
없습니다.

한잔 드시죠.
반장님.

그래, 오늘
고생들 했어.

많이들 들라구.

찰칵
찰칵

새끼들, 좋나게
맛있게 드시네.

크크크

후식으로
빅 엿도 좀 드세요.
크크크.

찰칵
찰칵

○○일보

형사들, 술판이나 벌여!
납치 수사는 뒷전?

이 개새끼…
기사 쓴 거
봐라.

사람 단단히
엿 먹이네.

유아 납치범은 고학력의 전문직 사이코패스…
범죄심리학 교수의 냉철한 분석!
한국판 앙들의 침묵이 될 것인가?

참 나, 기자 무서워서
삼겹살도 못 먹겠네.

…

이 인간은 언제
우릴 따라왔대?
미저리 같은 자식.

거참. 엎친 데
덮치는구먼.

나오셨습니까.
반장님.

또 유아 납치
사건 터졌어.

반장님, 조간
보셨습니까?
이정우 기자, 이거
안 되겠는데요.

야, 소설
읽을 시간 없다.

이번엔 목격자가
있으니까 빨리 현장
나가봐.

제가 똑똑히
봤다니까요.

꼬마 여자애 혼자
그네를 타고 있는데
한 남자가 접근하는
모습이
보이더라고요.

요즘 뒤숭숭한
일이 많으니까
제가 유심히 봤죠.

둘이 한 10분…?
얘기하더니 남자가
아이 손을 잡고
저쪽으로 갔어요.

애가 우는데도
끌고 가는 모습이
수상해서 112에
신고했죠, 뭐.

그 남자 인상착의가
어땠습니까?

글쎄요.
한 50대 정도
된 것 같던데…
그 외는
잘 모르겠네요.

우리 알바 애가
50대 후반의 남자로
기억한다고 하네요.

뜨내기들이
워낙 많다 보니
확실하진 않지만…

50대
남자…?

네, 반장님.
수영이 사건
용의자도 50대 후반
남자로 기억한다는
PC방 알바 증언도
있고요.

지난번 배낭이 발견된
장소에서 그리 멀지 않은
곳에서 이번 납치 사건이
벌어진 점 등으로 미루어보아
동일범일 확률이 높은 것 같습니다.

홀로 있는
여자아이를
납치한 수법도
비슷하고요.

이거, 아이가
살해당하기 전에
찾아야 하는데.

아…빠,

여, 열흘 만에
발견됐습니다.

지난번
수영이가
며칠 만에
발견됐지?

살려…줘.

부들부들

선배님,
괜찮으세요?

그래,
괜찮아…

김 형사.
듣고 있나?

네,
반장님.

이 아인 반드시
살아 있을 때
찾아야 돼.
무슨 말인지 알지?

물론입니다.

범죄심리
과학수사실

똑
똑

선배,
여긴 웬일이세요?

와아!
예쁘다…!

아, 그… 저번
프로파일링에서
여아 납치 살해범이
소심하고 꼼꼼한 성격의
독신 남자라고 했지?

네, 그랬죠.

혹시 용의자의
연령대 파악은
안 될까?

글쎄요. 그건 일단 30대에서
60대까지 광범위하게 볼 수밖에
없어요. 연령대를 추정할 수 있는
자료가 부족하거든요.

그런데 옆의
분은 누구?

핫!
저요?

안녕하십니까!!
김준 선배님의 새로운
열혈 파트너 이덕우,
인사드립니다!

꾸벅

잘 부탁드려요.
헤헤!

풋

차서연입니다.
김준 선배와는 정반대의
성격을 지니신 것 같아서
다행이네요.

네? 왜요?

?

힐긋

혹시라도 칙칙한
성격의 파트너가
붙게 되면, 얼마나
더 암울해질까
걱정됐거든요.

아 참! 선배.

홋. 걱정 마십쇼!
제 인생 모토가
Don't worry, be happy
거든요. 헤헤헤!

호호.

선배님의
힐링캠프가
되어드릴게용
~♥

저리 가..

국과수 부검
보고서에
특이한 점이
있더라고요.
보셨나요?

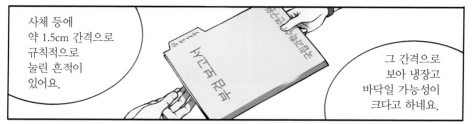

사체 등에
약 1.5cm 간격으로
규칙적으로
눌린 흔적이
있어요.

그 간격으로
보아 냉장고
바닥일 가능성이
크다고 하네요.

냉장고 바닥?

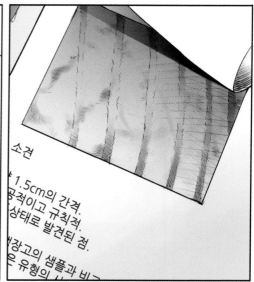

소견

1.5cm의 간격.
적이고 규칙적.
상태로 발견된 점.

장고의 샘플과 비
유형의

117

네. 1988년에 제작된 S사의 D냉장고 바닥 패턴과 똑같다고 나와 있어요.

D냉장고를 가지고 있는 50대 독신 남자라…

피해자들의 실종 장소 및 사체 발견 장소 부근에 거주하며, 생활이 궁핍하고 D냉장고를 사용하는 독신 남자로 수사 범위를 좁혀보면 어떨까요?

궁핍 하다고?

삐이이

나온 지 30년이 된 냉장고를 아직까지 쓴다는 건 그만큼 삶이 고단하다는 증거 아닐까요?

서연 씨 매력적인데요. 선배님 애인?

?

선배님, 커피 드시죠.

어, 그래.

그런 사이 아냐.

에이, 부정하시긴.

선배 가만 보면 나쁜 남자 스타일이셔. 크크.

...

그만하지?

훗. 제가
좀 다루죠.

넵.

아, 그리고
덕우 컴퓨터
잘 다루지?

좋아. 그럼 처음부터
다시 시작하자.

네? 뭘요?

사건 현장
반경 5km 내에
거주하는 남성
단독 세대 명단을
모두 뽑아봐.
그리고
그들 대상으로
전과 조회해봐.
성범죄 위주로.

남성 단독 세대
명단 다요?

그래.
20대에서
60대까지
전부 다.
한 시간 내로.

강력계

사건 현장 반경 5km 내에 거주하는 남성 단독 세대는 총 4,728명입니다.

이들 대상으로 전과를 조회해본 결과 전과자는 총 894명. 그중 성범죄 전과자는 429명입니다.

거, 지난번 명단에 없던 놈들만 따로 추려내면 몇 명이야?

총 97명입니다. 여기 그 명단입니다.

생각보다 적네. 이 형사, 고생 많았어.

좋아. 그럼 오늘 오후부턴 이들의 행적을 조사하자고.

나이: 51세
주소: 미아 2동 24-43번지 반지하 104호
직업: 없음

이름: 최영삼
나이: 35세
주소: 반동 30-21번지
직업: 없음

이름: 김상득
나이: 57세
주소: 미아동 산 2-54번지
직업: 제조업

이름: 전상익
나이: 41세
주소: 인수동 72-8 oo빌라 203호
직업: 자영업

네 사람은 2인 1조
2개 팀으로 나눠서
이 사람들 전부 탐문 조사하도록.

네.

알았지?
다들 피곤하겠지만
조금만 힘내자고.

짝 짝

팟

!

굿
애프터누운~♥

잘 잤니?

스윽

자, 이제
맛난 밥 먹고
아저씨랑 재미있게
놀아볼까?

꺄아아악

딩동

딩동

뻘

컥

외인 출입 금지

여기 맞아?

네. 미아동
산 2-54번지요.

주소 그대로
내비에 찍어서
왔는데요.

덜컥

이런 곳에
공장이 있네요.

아무도
안 계십니까?

안에
아무도
안 계세요?

D냉장고…?

서, 선배님…!?

일단 넘어와.

왜 무단
침입을…

129

그때
얘기했던,

D냉장고
기억나지?

스윽

꾸욱

131

들어가자.

네.

아무도 없네요?
어디 갔나…?

2층에 한번
올라가봐.

네.

께
익

께
이

멈
칫

젠장,
이게 뭐야…?

이 형사!
어서 이리
와봐!

헐…!

이 자식, 완전 싸이콘데요.

문제는 그게 아냐. 저길 봐.

여기 들어오는 자, 모든 희망을 버릴 지어다?

단테의 《신곡》 〈지옥 편〉에 나오는 문장이지. 지옥으로 들어가는 입구에 쓰여진…

…

맙소사…

이건 동굴…?

이 형사,
지원
요청해.

네!

모바일 네트워크를
연결할 수 없습니다.

!

선배님…? 핸드폰
서비스 지역이
아니라는데요?

뭐?

빌어먹을.

수신 불가
지역입니다

야, 차 몰고 나가서
지원 요청해!

네, 알겠습니다.
조금만 기다리세요!
선배님!

아빠, 엄마!
살려주세요…!
무서워요…!

아, 아빠…!

너무 무서워…

수, 수아야…

안 돼…

흐흑.

경찰이다!
장난치지 말고
불 켜고
이리 나와!

이 일대는
포위되어
있다!

지금이라도
아이를
풀어주고 자수하면
정상참작하겠다.
어서 나와!

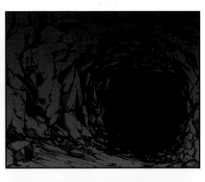

제기랄.

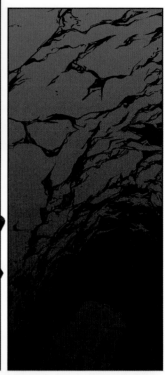

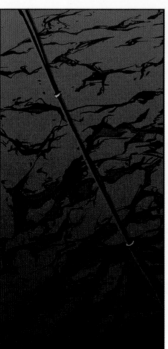

널 영유아 납치 및
성폭행, 살인,
사체 유기 등의
혐의로
긴급체포한다.

아이를
풀어주고
총을 버려!

글쎄…

소옥

카
하
하
하
하
!

내가 싫다면…?

넌 권총,
난 엽총.

누가 더 센지
한번 붙어볼까?
응?

후우

이봐. 너무 흥분하지 말고
일단 아이를 놔주고
이야기하자. 어때?

이 아일
살리고 싶나?

그래, 아이는 놔줘.
얘는 상관없잖아.
우리 둘이
이야기하자.

그래?

씨익

그렇다면…

자살해봐.

그럼 이 아이는
놔주지.

뭐, 뭐라고…?

자살해.

그럼 이 아이는
살려주지.

휘
이
이

안 돼!

한국말 못 알아 들으시나?

다시 리바이벌해줄까, 앙?

아니.

넌 하지 말아야 할 말을 내뱉었어.

뭐?

까아악!

으아아악!

크으으윽!

카하하하!
꼴 조오타!

조금만 기다려봐.

내 앞에서 엉엉 울게 해주지.

일단 재장전 좀 하고.

?

...

아저씨, 살려주세요!

이런, 씨발!

153

아저씨…
괜찮아?

아, 아저씬
괜찮아.

어서 도망가.
뒤돌아보지 말고…

비틀

어서!!

변명할 기회가 있고…

변호사를 선임할 수 있으며,

지금의 상황이 부당하다 여기면 적부심 청구권을 행사할 수 있다.

알겠나? 다른 손 내놔.

조…

좆… 까…

으아아!

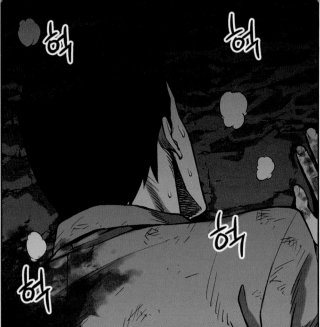

춥다…

이렇게
죽는 건가…

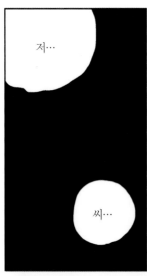

저…

씨…

죽지 마…

일어나…

수, 수아…?

아저씨, 정말 괜찮아…?

나 먼저 올라가도 돼…?

그래, 아빠 걱정 말고…

먼저 올라가.

이 지옥에서 어서… 벗어나렴.

수아야…

OH OH OH OH

호아

후아

유아 납치 살해범은 중졸의 전과 8범으로…

아, 안 돼!

또 악몽을 꿨나?

헉
헉
헉
헉

정신이 드나
여긴 병원일세.

…네.

아 참, 아이는
어떻게 됐습니까?

아이는 괜찮아,
많이 놀라긴
했지만.

범인도
체포됐네.
지금
중환자실에
있어.

총상에 코뼈와
두개골 골절,
뇌진탕까지.
아주 묵사발이
났더만.

쑥

자네도 죽다 살아났어.
총상 두 곳에 옆구리
자상(刺傷)까지.
하마터면 초상
치를 뻔했어.

띠
링

171

난 이제 가봐야겠네.

또 사건입니까?

께익

우리 팔자
아닌가.

몸조리
잘하게.
푹 쉬어.

달칵

수아야…

아빠가 넌
못 구했지만,

그 아이는
구해냈단다.

아빠, 이제
용서해줄 거지…?

제1화 「소아애호증」 끝

The First Episode.
"Pedophilia"
END

to be continued...
The Second Episode "A Better Tomorrow"

119…죠?
사, 살려
주세요.

숨, 숨을
못 쉬겠…!

도와주세…!
제발!

그 사람은 어디에 있는가.

그 사람은 어디로 갔는가.

옛날을 말하던 기쁜 우리들의

젊은 날은 어디로 갔는가.

이제 다시는 돌아오지 못한다.

기쁜 우리들의 젊은 날은

저녁놀 속에 사라지는

굴뚝 위의 흰 연기와도 같았나니.

최인호,『겨울 나그네』중에서

Episode 2. **A Better Tomorrow**

따른 경제적 손실비용만 연간 5조
예방교육의 다양화·전문화, 자살 고
중앙지검은 19일, 중앙지검 소회의
기관, 학계, 민간단체 등이 참가한
로 자살사건이 발생할 경우 동거기
하는 '**자살실태조사**'를 병행한다고

안은 변사 사건이 발생할 경우 타
에 인계해왔다. 그 결과 자살인원은
움을 겪어왔다. 검찰 관계자는 그긴
인 분석에 한계가 있었다고 설명
은 이를 위해 자살실태조사 및 자살

계릭
계릭

자살 실태 조사는
누가 하는 걸까?

민중의 지팡이인
우리가 하겠지.
제일 만만한 게
짭새잖아.

박봉에 업무는 죽어라 늘어 나는구먼.

삶이 그대를 힘들게 할지라도 자살은 생각도 마. 자네가 죽으면 내가 자살 실태 조사 해야 되니까.

이 친구, 농담도 참.

농담 아냐.

쟨 뭐야?

굿모닝, 에브리원~!

슥

굿모닝
에브리원
같은 소리
하고 있네.

넌 여기
왜 왔어?
인마.

아, 모르셨나요?
저 오늘부로
사이버 범죄 수사계에서
강력계로 부서를
옮겼습니다!

강력계
형사야
말로
남자의
진정한
로망이죠!

음하
하하!

에휴

그런데
김준 선배님은
아직도
병가인가요?

적어도 3개월은
입원해야 될 거야.
의사들이 혀를 내두르더라고.
범인 체포하다 그렇게
처참하게 부상 입은 형사는
처음 봤대.

삐리릭
삐리릭

정말 용기 있는
행동 아닌가요?
여자아이를
구하기 위해 홀로
악의 소굴로
뛰어든 외로운
형사! 카아~

용기 있는
행동?

대한민국 범죄자가
그놈 하나뿐이야?
체포할 때마다 입원하면,
다른 범죄자들은
누가 잡는대?
그게 다 동료들한테
폐 끼치는 일이야.
심적으로, 업무적으로.

달
깍

자, 잡담은
거기까지.

사건이다.
모두 출동해.

어이, 수키.

여어,
좀비 왔냐?

조, 좀비가 별명?
ㅋㅋㅋㅋㅋ

옆엔 누구니?

강력계 신참이야. 인사들 나누지.

곽벽

안녕하십니까! 새로 온 강력계 열혈남아 이덕우입니다!

잘 부탁 드립니다!

턱

그래, 반가워. 난 과학수사대 이숙희야.

만날 노계들만 보다가 파릇파릇한 영계 보니까 군침이 다 돈다, 야. 흐흐.

노계라서 미안하다. 젠장.

속

그나저나 무슨 사건이야?

30대 후반으로 보이는 여자 두 명이 자동차 안에서 숨진 채 발견됐어.

자세한 건 부검을 해봐야겠지만 구토물 등의 정황으로 봐선 약물에 의한 중독사 같아.

타살인가?

글쎄.
외관상 시신에
외상 흔적은
없던데…

피해자 신원은?
신분증 안 나왔어?

그건 너 님이
조사해
밝히셔야죠.
십센치야.

왜 자꾸
나한테 묻니?
국장도 아니면서.
확 눈깔을
뽑아뿔라.

흠흠

그럼 피해자
신원 조사가 1순위네.
시신 검안 결과도
챙겨야겠고.

응?

웬
사진이지?

주윤발
이네…

야, 이거 옛날
영화 〈영웅본색〉의
한 장면 아니냐?

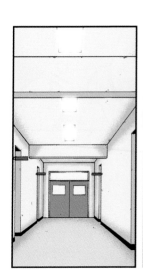

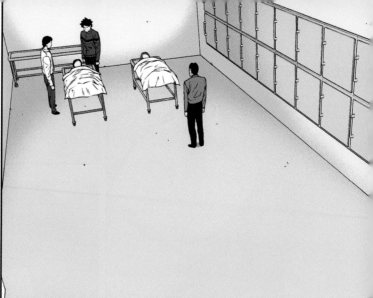

부인이십니까?

이, 이럴 수가…

제 아내가
맞습니다.

죄송하지만 이쪽
신원도 확인해
주시겠습니까?
아내분과 함께
발견된
피해자입니다.

크윽

예. 아는 사람입니다.
김한희 씨라고,
제 아내 친구입니다.
고등학교 때부터
단짝 친구라고
하더군요.

도대체…
어떻게 된 거죠?

스윽

확실한 건 부검을
해봐야 알겠지만, 일단
약물중독에 의한
사고로 추정됩니다.

새벽에 골프 치러
나간 사람이…
흑흑.

고인의
명복을 빕니다.

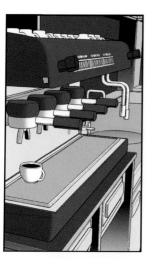

몇 가지 질문이 있습니다. 혹시 원한을 가질 만한 사람이 있습니까? 금전 관계로 다퉜다든지…

글쎄요. 딱히 떠오르는 사람은 없습니다.

선생님과 아내분과의 관계는 어땠나요?

원만 하셨습니까?

특별히 좋지도, 나쁘지도 않았습니다. 결혼 생활 10년이 넘어가니…

그냥 무덤덤해 지더라고요.

혹시 아내분이 자살할 만한 동기가 있는지요?

자살요…?

와이프가
자살한 겁니까?

아직 모릅니다.
저희로선 모든
경우의 수를
염두에 둬야
하니까요.

흐음,
그리고 보니…

김한희가
우울증 치료를
받고 있다는
이야기를 아내에게서
들은 적이
있습니다.

이름은 서린. 40세.
제법 유명한 패션모델
출신입니다.
보이쉬한 매력으로
남자들보다는
오히려 여자들에게
인기가 많았다고
합니다.

현재
남편과 함께
의류 쇼핑몰을
운영 중인 걸로
밝혀졌습니다.

두 번째 피해자의
이름은 김한희.
서린과는 K여고
동창으로 현재
00동에서 이비인후과
병원을 경영 중인
의사입니다.

고교 동창인
두 사람은 골프를
치기 위해 새벽에
만났다고
서린의 남편이
증언했습니다.

검안 결과는?

또 서린이
07시 30분경
119에 구조 요청을
한 사실이 추가
확인됐습니다.

네. 두 사람 모두
외상 흔적은
발견되지 않았고,
유서나 약물 등은
발견되지 않았습니다.

과수대는
이들이 119에
전화를 한 후
08시를 전후해
숨진 것으로
추정 중입니다.

저, 동반 자살 아닐까요?

그렇게 추정하는 근거는?

흐음.

두 사람 죽은 장소가 K여고 교정이 내려다보이는 언덕 위더라고요.

두 피해자가 K여고 동창생임을 감안하면 일종의 다잉 메시지가 아닐까 생각이 들어서요.

제법이네?

오~ 오~

그럼 동반 자살이라면 고교 동창 둘이 함께 죽은 이유가 뭘까?

또 이 사진은 뭘 의미하는 거지?

그, 글쎄요. 그건 조사를 해봐야… 헤헤.

굵적 굵적

박 형사랑 덕우는 피해자들 주위 탐문 조사하고, 송 형사는 차 안에서 발견된 유류품과 구토물 등을 국과수에 정밀 감정 의뢰해봐. 그리고 부검 통해서 음독 여부 등 정확한 사인을 조사하도록.

네. 알겠습니다.

덕우 말에도 일리가 있지만 타살 가능성도 배제할 순 없지.

뭐 보냐?

?

〈영웅본색〉요.

옛날에 그 영화 열 번두 넘게 봤는데. 주윤발 땜에 담배 배운 놈들 꽤 많았지. 나도 마찬가지고.

영화 죽이지 않냐?

글쎄요. 그닥 잘 모르겠네요.

쯧쯧. 네가 영화 보는 눈이 없구나.

유턴금

왜 이러세요? 선배님. 저 영화 덕후거든요~?

무슨 일로
오셨죠?

경찰입니다.
환자분 중에
김한희 씨 문제로
그러는데
의사 선생님 좀
뵐 수 있을까요?

두 사람이
죽은 곳이
어디죠?

정신과 의사 송 지 영

OO동 산 23번지.
K여고 교정이
내려다보이는 언덕
위입니다.

한희가 죽고 싶다.
죽고 싶다 하더니…
결국…

한희?
혹시 전부터
아는 사이였나요?

고교 동창이었어요.
서린과 한희,
그리고 저. 2학년,
3학년 때 같은 반
이었죠.

한희랑은
국민학교 때부터
친구였고요.

김한희 씨 병세는
어땠습니까?

우울증과
불면증이
심했어요.
수면제 처방을
받아 간신히
잠을 청할 정도로
강한 압박을
받았죠.

강한
압박?

자세히는
말 안 했지만
빚 때문에
마음고생이
심한 것
같았어요.

!!

친구이시면,
혹시 이 사진에
대해 아시는 거
있나요?

옛날에 주윤발이
내한했을 때
힘들게 사인 받았다고
서린이 자랑하던
모습이 기억나네요.

?

아,
그 사진…

어디서 났어요?

사건 현장에서
발견됐습니다.

벌써 25년,
아니 30년이
다 돼가네요.

당시 두 사람의 관계는
어땠습니까?

둘 사이는 정말
각별했어요.
레즈로 의심될
정도로요.

레즈…?

레즈비언요?

왜 그런 거
있잖아요.

여고 시절
남성적인
매력을 가진
짝꿍을
좋아하는 거요.
한희는 그 정도가
심했어요.

서린은 그런 한희를
꼭 연인처럼 감쌌고,
한희는 서린에게 정말
순종적으로 헌신했어요.

죽으라면
죽는 시늉까지 했죠.

그리고 서린이
결혼하던 날…
한희가 엄청 슬피
울었어요.

그걸 본
주위 사람들이
수군거릴
정도였으니까.

확실히 김한희 씨는
성적 소수자
였습니까?

...

...

환자의
성적 취향을
의사가
직접 말할 순
없습니다.

...

알겠습니다.

사고 차량에서 수거한 캔 음료수, 시약 조사 중인데 약물 반응이 전혀 없어.

둘 다 독극물 중독사인 건 확실한데, 도대체 어떤 독극물인지 감이 안 잡히네.

뭐, 국과수 정밀 감정 결과가 나오면 사인은 드러날 거야. 시간이 좀 걸리겠지만.

그래, 알았어. 고생해.

그래. 좀비랑 영계도 수고~♥

선배님. 〈영웅본색〉이 영화가
그렇게 대단했어요?
제가 보기엔…
좀 많이 촌스럽던데요.
솔직히 손발도 오글거리고.

우리 7080세대에겐
청춘을 상징하는
그런 영화야. 당시에 엄청난
신드롬을 불러일으켰지.

그러고보니
선배 몇 살?

헛소리 그만하고, 넌
김한희가 운영하는 병원에
가서 그녀의 채무 관계,
그리고 주변 탐문해봐.

선배님은요?

난 김한희
유족한테 간다.

말은 안 했지만 한희가 동성애자라는 건 어느 정도 짐작하고 있었어요.

혹시 따님 주변에 원한을 살 만한 사람이 있습니까?

설레 설레

그건 저도 잘 모르겠어요. 모녀간에 워낙 대화가 없다 보니…

그렇군요.

아, 이거… 가져가서 한번 보세요.

?

드륵

딸아이가 중학교 때부터 최근까지 쓴 일기예요.

Diary

~2002

이 속에 형사님이 원하는 해답이 있길 바라요.

김 한 희 이비인후과

임대문의 010-2948-20XX

신경내외 의원

개인적 사정으로
폐업합니다.

병원 채무 관계는
OO은행 가서
알아보시는 게
빠를 거예요.
거기가 주거래은행
이거든요.

에휴. 원장님이 이렇게
갑자기 돌아가실지는
꿈에도 생각 못 했는데…

내일부턴 저도
다른 직장
알아봐야겠네요.

아 참! 사업주가 죽어도
실업급여는
신청 가능하죠?
형사님.

하하

글쎄요. 그건
고용센터에
직접 문의를
하셔야 할 것
같네요.

그럼 전 이만
실례하겠습니다.
수고하세요.

끼이

김 간호사.
왜 갑자기
폐업을 해?
그렇게 장사가
안 돼?
원장님은?

원장님…
돌아가셨어요.

께
악

엥…?
언제요?

설마 그 복어 독으로
자살한 건가…?

아, 이거 미치겠네.
미수금도 많은데.
김 간호사, 나한테
돈 주라고
한 거 없어?

제 월급도
밀렸는데요.

긁적 긁적

잠시
실례하겠습니다.

?

좀 전에 복어 독을
언급하셨는데,

잠시 이야기 좀
나눌 수 있을까요?

〈영웅본색〉이 1987년에 개봉했나…?

스윽

일 기 장
1987~1989

촤 라 락

1987년 9월 4일.
서린, 그녀와 영화를
보러 갔다.

〈영웅본색〉이라는
홍콩 영화였는데, 주윤발!
정말 잘생긴 남정네가
성냥개비를 폼 나게
질겅거리며. 검정색 롱 코트를
펄럭거리며 남자의 로망과
인생을 너무나 멋들어지게
보여줬다.

美進

이게
재밌어?

요즘 이 영화
때문에 난리야.
주윤발 끝내주게
멋있대.

이거 총쌈
영화 같은데…

한희야.
그냥 성룡
영화 보자.
응?

这是你弟弟!
别转身!

그래, 린이는
어울리겠다.
한번 펴봐.

그런데 진짜
천 원짜리에
불 붙여?

어머, 미친년.
돌았냐?

허, 이것들 봐라?
만인이 그렇게
원한다면 뭐.

그냥 휴지에.
크크크.

어때?

정말 멋있다…

주윤발보다
더 멋진 것
같다, 얘.

오호

히이이익~~~!!

지랄헌다.
이것들이
단체로
미쳤구만.

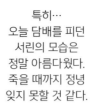

특히…
오늘 담배를 피던
서린의 모습은
정말 아름다웠다.
죽을 때까지 정녕
잊지 못할 것 같다.

우리 세 명은
선생님한테
정말 비 오는 날
먼지 나도록
두들겨 맞았다.

그래도 주윤발이
멋있다는 것은
부정할 수 없는
사실이다!
서린도 그렇고~♥

1989년
12월 22일.

드디어 주윤발이
내한한다는
소식에 밤새
잠을 설쳤다.

그리고 아침 일찍
그녀와 함께
공항에 갔다.
그를 만나러.

사랑해요! 주윤발!

밀키스 한 번만 해주세요, 오빠!

햐, 미친년들 존나 많네.

주윤발 얼굴도 못 보겠는데, 어떡하지?

여기까지 왔는데… 사인도 못 받고 그냥 가긴 너무 아쉽다.

그치? 여기까지 왔는데 빈손으로 갈 순 없지.

나만 믿어.

잠시만요!
죄송합니다!

Welcome to 周潤發

潤發

아, 뭐야?

발 밟지 마!

헤이,
니하오마,
미스타
주윤발,
워 아이 니!

아이
러브 유!
사인
플리즈~!

크크.
쟤 뭐야?

아는 단어는
다 나온 듯.
사인 엄청 받고
싶었나 봐.
킥킥.

한희야!

Okay. 让我.
(제가 해드리죠.)

으히히! 받았어!
내가 주윤발 사인
받았다고!

이거 봐!

악수도
했어!

우와!
이 손,
절대
안 씻을
거야!

이덕우 입니다.

그래, 뭐 건진 거 있어?

*희나리: 〈영웅본색〉에 중국어로 번안 삽입됐다.

알아보니까 피해자 김한희가 빚이 많네요. 3년 전 병원 창업 때문에 7억을 대출받았구요. 작년엔 병원 경영이 어려워지자 사채까지 끌어 썼답니다.

은행 관계자 말로는 요즘 같은 불경기에 7억에 대한 이자와 원금 상환, 생활비, 그리고 병원 운영비 대려면 굉장히 벅찼을 거랍니다.

또 한 가지. 여기 김한희 씨 병원과 거래하던 제약 회사 영업직원이 있는데요.

이 양반이 나중에 5백을 받기로 하고 김한희에게 테트로도톡신 500g을 건넸다고 하네요.

테트로…
뭐?

테트로도톡신요.

야, 좀비!
드디어 독극물이
뭔지 알아냈다!

복어 독
이랍니다.

복어 독
이야!

이번 사건은 병원의
수익 악화, 담보 대출
및 사채 등 여러모로
압박을 받던 중

우울증에 걸린
김한희가 자살을
결심하고,
단골 제약 회사
영업직원에게 부탁해
복어 독을 구입한 뒤,
현장에서 발견된
음료수 캔에 타서

학창 시절 첫사랑이었던 고교 동창
서린과 함께 동반 자살한 것으로
추정됩니다.

잠깐만.

첫사랑?
내가 잘못
들었나…?

아닙니다.
김한희 씨는
레즈비언, 즉
성적 소수자
였던 걸로
판단됩니다.

흐음. 생활의
압박을 받던
동성애자가
첫사랑과 함께
자살했다?

예. 사람들은 삶이
힘들어지면 좋았던
옛 추억에 집착하기
마련이니까요.

일기장 및
정황으로 보아
저희가 추정하는
두 사람의 최후는
다음과 같습니다.

밀키스
마실래?

오우!
사랑해요~
밀키스!

쪽~

역시 넌
내 취향을
아는구나.
짜식.

너 그거
기억나?

뭐?

치익

〈영웅본색〉
영어 제목.

오랜만에
영퀴 타임? 음…
A Better Tomorrow
였나?

꿀꺽

맞아.

?

와아-! 이거, 아직도 갖고 있었어? 이거 완전 레어템인데!

치이익

참 세월 빠르다. 〈영웅본색〉. 이 영화 나온 지가 벌써 30년이 넘었다니… 우리도 많이 늙었구나, 야.

갑자기 궁금하다.

후우웁—

뭐가?

그때 그 친구들…

학창 시절… 함께 영화 보던 친구들 기억나?

굴적 굴적

글쎄… 이젠 얼굴도 가물가물 하네. 까마득한 옛날이라… 그런가?

〈영웅본색〉의 영어 제목처럼 "더 나은 내일 (A Better Tomorrow)" 을 살고 있을까?

그리고, 그때 같이 스크린을 쳐다보던 날 기억이나 할까…?

너 오늘따라 되게 센치하다.

그녀는 기억할까요?

돌아가고 싶은 학창 시절, 눈부시도록 싱그러운 그 어느 날…

그녀와 함께 스크린을 쳐다보던 절 기억이나 할까요…?

우욱~

그녀를
사랑했습니다.

고교 시절,
그녀를 처음
보았을 때부터…

주윤발 흉내를 내며
담배를 문 그녀의
모습은… 정말이지
너무나 아름다웠습니다.

미안합니다.
당신에게
고통을 줘서…

그리고…

켁켁

사랑합니다.

영원히 당신과
함께이고 싶습니다.

제2화 「보다 나은 내일」 끝

The Second Episode.
"A Better Tomorrow"
END

to be continued...
The Third Episode "Devil"

악마는 보통 평범한 모습이다.

우리와 함께 잠을 자며,

우리와 함께 밥을 먹는다.

항상 사람이 악마다.

W. H. 오든

Episode 3. **Devil**

네? 지금 성폭행 당하신다고요?

네네. 모르는 아저씨한테 성폭행 당하고 있어요. 아저씨가 나간 사이 문을 잠그고 전화하는 중이에요.

자세한 위치가 어디죠?

집은 00초등학교 지나서 △△놀이터 가기 전쯤이에요. 빨리 도와주세요. 무서워요.

누가 그러는 거예요?

어떤 아저씨요. 모르는 아저씨에요. 아저씨. 빨리요, 빨리요.

위치는 어딘가?

00초등학교 근방, 한 여성이 성폭행을 당하고 있다. 정확한 위치는 모르겠다.

끼익

털컥

정확한 위치를 모른다니. 백사장에서 바늘 찾으라는 것도 아니고. 이거 원.

텅

별수 있나? 한 집씩 탐문해보자고.

やめる!

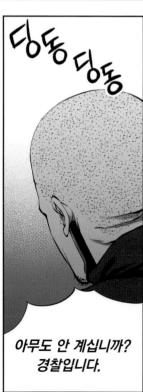

당동 당동

아무도 안 계십니까?
경찰입니다.

他妈的!

잠깐만요!

누구…
세요?

경찰입니다.
근방에서 범죄 신고가
접수돼서
출동했습니다.

협조 좀
부탁드릴게요.

범죄 신고요…?
한 적 없는데요…?

?

빰에 피가
묻어 있네요?

피요?

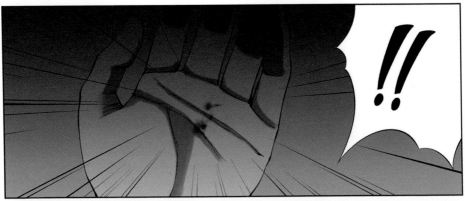

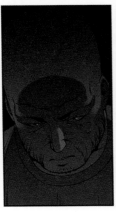

아저씨,
뭐 숨기는 거
있어요?

아뇨.
그런 거
없는데요.
헤헤.

그럼 잠깐
집 안 좀 둘러보고
가겠습니다.
괜찮죠?

아, 네. 그럼요.
얼마든지 보세요.

으아아악!

대, 대체 무슨 짓을 한 거…?

!!

컥!

커… 컥…

커어어억…

꼬, 꼼짝 마!
움직이지 마!
손들어!

호흐.

피식

실탄은 넣고
다니냐?

!

死!

우읍!!

뻐억

컥.

커컥.

팃

짭새 18놈…

커헉.

헉…

헉…

허억.

저벅

저벅

척

喂?
(여보세요?)

大哥.
警察目睹了犯罪現場.
(형님, 경찰한테
들켰습니다.)

我會在那裡.
(그쪽으로
가겠습니다.)

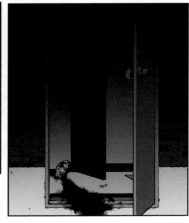

?

더듬 더듬

CSI

과학수사
POLICE

생리대…?

아침부터
수고들
많으십니다.

안녕하세요.

안녕하세요, 백 반장님.
영계도 안녕.

숙희 씨도 고생이 많네.
감식 다 끝났어요?

감식은
끝났는데
아직 시신을
못 치웠어요.
너무 참혹해서
웬만하면
안 보시는 게…

형사가 현장 보고
충격받으면 관둬야지.

아뇨,
그게…

저도 20년 가까이 현장에서 일했지만 이렇게 참혹한 모습은 처음이라서요.

대체 어떤 미친놈이 이런 짓을…!

우읍

…

범인이 피해자의 살점을 다 발라낸 거 같아요.

저기 검은 비닐봉지들 보이죠?

저 비닐봉지에 피해자들의 살점으로 추정되는 살점들이 균등하게 담겨 있어요.

우엑!

야, 인마! 나가서 토해!

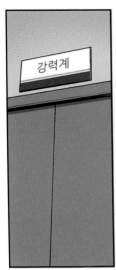

강력계

타닥 타닥

끼익

선배님,
오랜만입니다.

아니,
병원에 있어야
할 사람이
왜 벌써 나왔어?

누워만 있다
보니 좀이 쑤셔서…

하여간. 이 사람…
몸은 어때, 괜찮아?

예. 덕분에.

그런데
다른
분들은…?

다들 현장 나갔어.
난 서류 업무가
밀려서.

예.

스윽

슬쩍

왜 그래?

오랜만에
앉으니까…
제자리인데도
좀 어색하네요.

…

강력 1반

간만에
커피 한잔
할까?

자,
특별 서비스야.

아… 네.

혹시 김준 선배?

오랜만이네.
잘 지냈어?

예. 정말 오랜만이네요.
몸은 괜찮으세요?

뭐, 그럭저럭.

걱정 많이
했어요.

걱정시켜서
미안해.

그리고…
고마워.

...

왜, 왜 그래?

그냥... 눈에 뭐가
들어가서 그래요.

선배니임
~~~!!

웰컴 투
마이
히어로!

많이 보고
싶었다능!
몸은
괜찮으시냐능?

김 형사 나왔군.
몸은 괜찮나?

예, 괜찮습니다.
반장님.

헉!

좋아. 그럼
일 시작하자고.

예, 반장님.

그리고
이덕우, 너!

히익

잠깐 나 좀 보자.

반장님,
귀, 귀,
귀, 귀!

반장님 왜 저렇게
화가 나셨죠?
덕우가 뭐 잘못했어요?

덕우 저 녀석,
현장에서
오바이트를
했지 뭐야.

신고식 아주
거창하게
치렀다.

251

강력계

도주한 살인 용의자의
신원은 임대차 계약서에 적힌
외국인 등록번호를
조회해본 결과,
비교적 손쉽게 확인됐습니다.

외국인 등록번호?

예. 용의자의
이름은 오석철,
조선족 남성으로
1971년생입니다.

중국 내몽골
자치구에서 거주하다 2007년 9월
취업 비자로 입국했고요,

본국에는
아내와 딸이
있는 것으로
밝혀졌습니다.

이놈 신상을
조회해봤는데
수상한 점이
한두 개가
아닙니다.

먼저 통장 내역을
조사해보니,
정체가 불분명한 목돈이
수십 차례 입금된 것이
확인됐습니다.

정체가 불분명한 목돈이라니, 무슨 말이야?

'용돈'이라는 명목으로 한 번에 100에서 많게는 200까지 입금됐는데, 출처를 확인해보니 노숙자 명의의 대포통장이었습니다.

노숙자가 용돈을요? 크크크크.

그리고 중국에 송금한 금액이 5천만 원이 넘고, 통장 잔고도 700 가까이 있었습니다.

주로 막노동으로 생계를 이어왔다는데, 일용직 노동자의 수입으로는 감당이 안 되는 금액이죠.

죄, 죄송합니다. 계속하시죠.

저… 딴지 거는 건 아닌데요.

1년 열두 달 착실하게 했다면 가능하지 않을까요?

카드 내역 조회해보니까 매달 50에서 70만 원 정도를 유흥비로 썼더라고. 성매매도 즐기고, 씀씀이가 아주 헤펐어.

또 출국 기록 조회 결과 중국을 여덟 번이나 왕래하면서 몇 달씩 그쪽에서 머무르기도 했고.

그 외 수상한 점은?

용의자 명의로
핸드폰이 네 개나
개통되어 있었습니다.

일용직
노동자가
핸드폰을
네 개씩이나…?

예.

비정상적인
수입원에
네 개의 핸드폰이라,
뭔가 냄새가
나는데…?

마지막으로 과수대
보고서에도
언급했다시피,

마치 생선회를 뜨듯이
일정한 모양으로
슬라이스 한 것이
사체를 특정 용도로
쓰기 위함이 아닌가
의심됩니다.

강력 1반

특정 용도라 함은
어떤 의미지?

오석철이 피해 여성을
살해한 후 그 시신에서
발라낸 살점을 일정하게
검은 비닐봉지에
나눠 담은 점입니다.

인육입니다.

20대 여성 토막살해사건!
112 미흡한 초동대처 논란!
'토막 살해'는 계획된 범행, 연쇄살인 가능성!
묻지마 강력 범죄 잇따라···. 시민 불안 증폭

조사
잘돼가요?

여기 앉아도 되죠?

물론.

덕우 씨는 어디 갔어요?

현장 갔다 오더니 속이 안 좋다네. 사건 당시 CCTV 화면 보고 있겠대.

과수대 보고서 봤어?

예. 봤어요.

인육을 얻기 위해 시신을 훼손했다는 의견에 대해서 어떻게 생각해?

충분히 가능성 있는 얘기라고 생각해요.

그런데… 선배.

그런 이야기는 일단 식사를 마치고 하는 게 어떨까요?

아까 이야기 계속할까요?

맛있게 드세요.

으... 응.

본론으로 들어가서
사체 유기가 목적이라면,
그렇게 공들여서
참혹하게 살점을 발라낸 행위를
설명하기에 적합하지 않아요.

보통 사체 유기는
시신을 5~6조각으로
토막낸 후 가방 등에 넣어
인적이 드문 장소에 버리는 게
일반적인 패턴이거든요.
그런데 이번 사건의 경우,
시신을 정교하게 훼손한 뒤
비닐봉투에 나눠 담은 부분이,
사체를 인육 밀매와 같은
다른 목적으로 이용하기 위한
살인일 가능성이
있는 것 같아요.

만약 범행 동기가 인육 그 자체라면, 이게 과연 살인 용의자 개인이 먹으려는 용도의 사건인지, 아니면 어디에 공급하려는 인육 밀매 사건인지 수사하는 게 순서인 듯싶어요.

문제는 후자처럼 수요가 형성된 인육 시장에 인육을 공급하려 한 사건이라면…

건국 이래 가장 충격적인 사건이 될 수도 있다는 사실이죠.

인육 시장…? 설마…

드르륵 드르륵

선배님, 저 이덕우입니다. CCTV 화면에서 좀 이상한 점을 발견했는데요, 영상분석실로 지금 와주십시오.

?

?

오셨어요.

뭘 발견했는데
그래?

사건 전후 상황이
기록된 CCTV를
보고 있는데요.
범행 현장을
목격한 듯한
여자가 있어서요.

그래?

그런데 이 여자
행동거지가 좀
수상해요. 보세요.

지나가던 피해자를
전봇대 뒤에 있던
용의자가 덮치기 전부터 계속
그쪽을 주시하고 있어요.
마치 범행이 일어날 걸
예상한 것처럼요.

그리고
용의자가
피해자를
밀쳤을 때도
보세요.

그 현장을
물끄러미 보고만
있어요.

일반적으로 사고 현장을
목격하면 놀라 비명
지르면서 뒷걸음질 치거나
호기심에 앞으로
다가가거나

혹은 허둥지둥 112에
신고부터 할 텐데.
이 여자는 자연스럽게 계속
지켜보기만 하거든요.

목격자라고
하기엔 행동이 너무
부자연스럽지 않나요?
선배님.

흐음.
오히려 망을 보는
느낌이네…?

?

잠깐만요!
화면 정지!

덕우씨,
잠깐만 뒤로
돌려줄래요?

휘릭

네. 거기요.

두 분 말씀 듣다 보니
이 부분도
수상하네요.

범행이 벌어지는 현장을
계속 지켜보던 여성이…

지나가던 행인과
눈이 마주치자,

범행 현장 반대편으로
시선을 외면하네요.

이런 행동을
'발뺌의 심리학'이라고 해요.
자신의 잘못을 인지한 상태에서
타인에게 발각될 경우,
스스로 부정하려는 심리가 무의식적으로
투영된 행동이죠.

이 여자
신원 파악이
될 만한 건
없나?

훗~ 제가
누굽니까?
당연히 찾아냈죠.

두 분 말씀대로,
이 여자도
공범일 확률이
높다고 생각되네요.

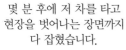

몇 분 후에 저 차를 타고
현장을 벗어나는 장면까지
다 잡혔습니다.

다만 화면이 흐릿해서
차 번호 식별은 못 했어요.

저 차 번호,
국과수에
감정 의뢰해봐.

네.

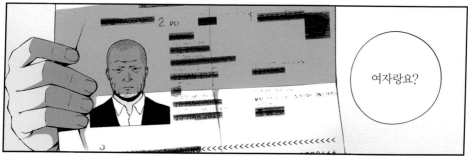

여자랑요?

예. 그 사람, 어떤 젊은
여자랑 몇 번 와서
과일 같은 거 몇 번
사 간 적 있어요.

애인처럼
보이던가요?

애인 사이라기보다는
회사 상사 대하듯
했어요.

아뇨.
존댓말 쓰면서
대하는 태도가
굉장히
정중하더라고요.

?

응. 부엌 선반에
생리대들이 가지런히
있더라고.

생리대…?

피해 여성의 생리대인가?
혹시 용의자가 변태 아냐?
페티시즘 같은…

아냐, 뜯지도 않은
새 제품이더라고.

내 생각엔 이 집을
자주 드나들던 여자가
있는 것 같아.
애인이라든가.

오 씨? 일주일에
한두 번은 꼭 와서
탕수육이나
팔보채 시켜놓고
고량주를
즐겨 마셨지.
우리 집 단골이야.

보통
노가다 뛰는
친구들은
삼삼오오
무리 지어서
오는데
그 양반은
항상 혼자
와서 술을
마시더라고.

말도 없이 과묵한 스타일인데 술은 잘 마셨지. 아주 말술이야, 말술.

사람을 회 뜨다니 그게 인간이 할 짓이야? 악마지, 악마.

매너도 좋았는데 그런 흉악한 짓을 저지르다니 참 나…

화악

서울 ○○병원 내 장기밀매 적발!

A면에서 계속

나 화교인데, 이번 사건으로 한국 사람들이 중국인 미워하게 될까 봐 솔직히 걱정되더라고.

지이잉
지이잉

김준
010-34xx-47xx

이 자리에 여자가 서 있었다고?

예. 여기서 저쪽 범행이 일어난 쪽을 바라보고 있었죠.

덕우야, 재현해보자. 걸어가봐.

네.

저벅

저벅

저벅

저벅

툭

밤중이라도
확실히 보이겠는데요.

그러게. 오히려
못 보는 게 더 이상해.

송 형. 이제
철수하자고.

이 형사,
그만
일어나지.

...

왜 그래?
어디 다쳤어?

선배,
저게 뭐죠…?

?

뭔데?

저기요.

께이이

저 철문이요.

젠장.
이게 뭐야…?

야, 과수대!

니들,
일 이따위로
할 거면
다 때려치워.

정신들
어디다 두고
다니는 거야,
대체?

이거 만약
기자들이 먼저
발견했어 봐.
우린 그냥 좆 되는
거야. 알어?

이건 국과수가
지난 2007년
자체 개발한
영상분석
프로그램입니다.

법영상분석 프로그램
Ver 2.2

NFS 국립과학수사연구원

사용법은
간단합니다.

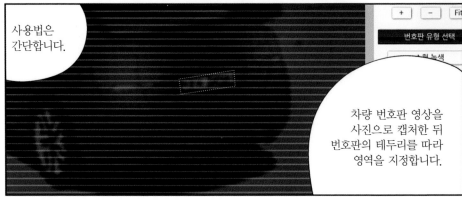

＋   －   Fit

번호판 유형 선택

차량 번호판 영상을
사진으로 캡처한 뒤
번호판의 테두리를 따라
영역을 지정합니다.

이어 프로그램에 내장된
국내 번호판 유형 중
하나를 설정합니다.

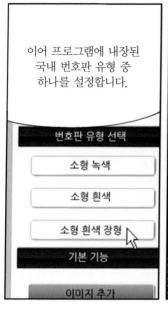

그러면 비스듬하게 찍힌
영상 속 번호판이
정면에서 보듯 평평하게
3D 이미지로 펴지죠.

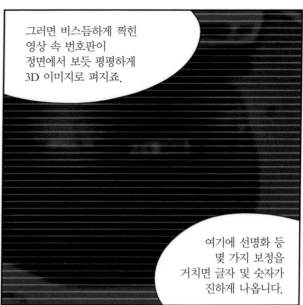

여기에 선명화 등
몇 가지 보정을
거치면 글자 및 숫자가
진하게 나옵니다.

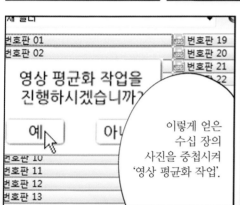

이렇게 얻은
수십 장의
사진을 중첩시켜
'영상 평균화 작업'.

쉽게 말해 영화처럼
연결시켜 빠르게 재생시키면
잔상 효과로 인해 번호가
뚜렷하게 보입니다.

시작해볼까요?

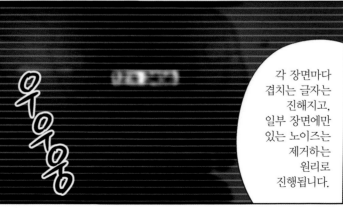

각 장면마다
겹치는 글자는
진해지고,
일부 장면에만
있는 노이즈는
제거하는
원리로
진행됩니다.

273

12… 가…
3… 45… 6.

여기서 차량등록원부
조회도 가능하지요?

네. 가능합니다.

그럼 바로
부탁드리겠습니다.

젠장!

타

어째 그 철문이 은근히
눈에 밟히더니만…

원숭이도 나무에서
떨어질 때 있는 거지.
털어버려.

그래.
지난간
버스에
손 흔들어
봤자지 뭐.

그런데 선배님.
그 소각로 안에서
발견된 유골이요.
사람 뼈 맞죠?

그리고…
너희, 이번 사건
용의자 검거할 때
특별히 조심해라.

정확한 건
정밀 감식을
해봐야겠지만
그럴 가능성이
높아.

현장 보고 계속
드는 생각인데,
이놈 사람을 많이
죽여본 솜씨야.

이런 말 하기
뭐하지만,
마치 백정 같은
느낌이랄까?

우웅
우웅

백정요?

김준입니다,
반장님.

그래.

현장을 보고
있노라면
범인이나 희생자의
감정이 희미하게
느껴질 때가 있어.

분노라든지, 살의,
욕정, 광기 같은…

악마처럼 사악하고
어두운 감정들…

그런데 이번
사건의 경우,
그런 감정이
전혀 없더라고.
드라이하다고
해야 되나…

해체된 희생자
시신이…
뭐랄까,

마치 먹기 좋게
도축된 고기나 회를
보는 것 같았어.

희생자를
동등한 인격체로
보지 않고
마치 사냥감으로
보고 있는
느낌…

조심해.
세상엔 별의별
놈들이 많지만,
이번 사건의 범인은
지금까지 봐온
괴물들 중에
가장 최악인 것
같아.

…

꿀꺽

선배님.

반장님이 지금
부산으로
이동하랍니다.
CCTV에 찍힌
용의자 차량의
소유주가
부산 연산동에
살고 있다네요.

털
컥

그래, 그럼
고생들 해라.

조심하고.

그럼
들어가세요.

부산 어디라고?

부아앙

연제구 연산동
XX번지입니다.

부웅

AM 6:15
부산

할매 돼지 국밥

돼지국밥
내장국밥
돼지국밥
따로국밥
수육백반

후루룹

후읍

후루룩

지난 1일
OO시에서
발생한

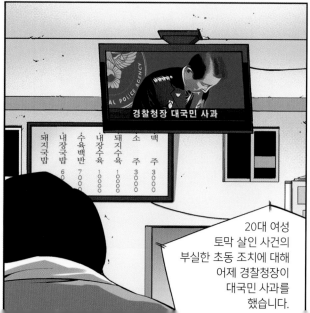

경찰청장 대국민 사과

돼지국밥
내장국밥
수육백반 700
내장수육 1000
돼지수육 1000
소주 3000
맥주 3000

20대 여성
토막 살인 사건의
부실한 초동 조치에 대해
어제 경찰청장이
대국민 사과를
했습니다.

이 시간이면
일어났겠지?
몇 층 몇 호야?

덜꺼

덜꺼

302호.

게
익

김 형사랑 덕우는
차에서 대기하고 있어.

예.

302

딩동

딩동

누구세요…?

경찰입니다.
잠깐 문 좀
열어주세요.

께익

무, 무슨
일이십니까?

차량번호 '12가
3456' 소유주
맞으십니까?

?

그 차,
한 4개월 전에
팔았는데요?

그래요? 소유주가 아직
선생님 명의로 되어 있어서요.
혹시 판 사람 연락처
있으십니까?

네. 잠시만
기다려보세요.

어디다
뒀더라…?

슥

우당탕

콰당

！

화악

타 타 타 턱

턱

이런 젠장!

휘 익

김 형사! 놈이
뛰어내린다.
놓치지 마!

경찰이다!
움직이지 마!

조심해!
칼이다!

비켜!
이 개새끼야!

덕우야!

씨발! 안 비키면
다 죽인다!

묵비권을 행사할 수 있고, 변호사를 선임할 수 있다.

미친 새끼야! 개소리 그만하고 구급차 부르라고. 아으으…!

외팔이 치곤 제법인데…

차량 소유주 검거하긴 했는데 토막 사건과는 관련이 없는 것 같습니다.

폭행 및 감금, 협박으로 지명수배가 내려져 있더라고요.

그것 때문에 지레 겁먹고 도망친 것 같습니다.

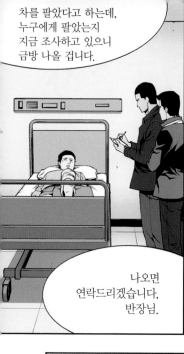

차를 팔았다고 하는데, 누구에게 팔았는지 지금 조사하고 있으니 금방 나올 겁니다.

나오면 연락드리겠습니다, 반장님.

에구, 아퍼.

쯧쯧. 많이 아프냐?

버, 버틸 만합니다! 강력계 형사라면 이 정도 상처는 감수해야죠. 으헤헤~!

다치는 거 자랑 아니야. 나중에 골병든다, 너?

꿍

악!

차량 구입자 인적 사항 알아냈어.

드륵

조선족이라는데…?

이름은 반정표.
전화번호는
010-9473-95**
입니다, 반장님.

예.
판 놈 말에
의하면
조선족
이랍니다.

잠시만
기다려보게.

타닥
타닥

010-9473-95**은
다른 사람 명의인데?
이름은 김낙일.
주민번호는 670616…

잠깐만.

이 사람, 현재
행불 신고가
되어 있구먼.

개인 파산 신고도
되어 있는 걸로 봐서
노숙자 명의의
대포폰일 가능성이 높아.

이번엔 반정표를
조회할 테니
기다려보게.
조선족이라고 했지?

타닥

타닥

예.

출입국 관리소 기록엔
반정표라는 이름의
조선족은 한 명뿐이군.
나이는 38세.

오호,
이것 봐라?

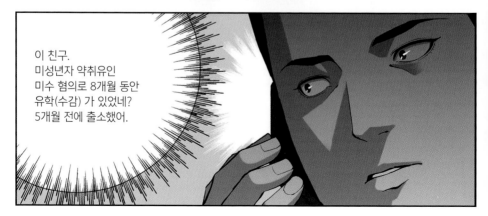

이 친구.
미성년자 약취유인
미수 혐의로 8개월 동안
유학(수감) 가 있었네?
5개월 전에 출소했어.

미성년자
납치 미수요?

그래. 거리에서
7살짜리 여아의
손을 잡고 끌고
가다가 시민들에게
잡혔다는군.

현 주소지는
인천시 서구
석남0동 XX번지
△△빌라
201호이야.

붓아
아ㅇ

AM 03:3

고생들
하라구.

293

AM 7:02
인천

3456 있네.

있어? 좋아.

김 형사랑 덕우는
차에서 대기해.

예.

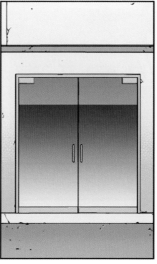

없어요?

초인종
아무리 눌러도
대답이 없네.

아무래도 이거
잠복해야
될 것 같은데.

꾸벅꾸벅

픽

왜요,
선배님?

누가 콤비 아니랄까 봐, 쌍으로 붕대질한 게 우스워서 그런다. 쯧쯧.

하하. 그리고 보니 둘이 붕대질 나란히 했네.

김 형사. 덕우랑 어디 가서 눈 좀 붙이고 오지. 푹 쉬다가 저녁때 교대하자구.

그래, 넷이 다 있을 필요 없잖아?

네. 그럼 저녁때 오겠습니다. 두 분 수고하십쇼.

수고
하셨습니다.

선배님들 고생
많으셨습니다.

그래,
푹 쉬었어?

내일 아침 일찍 올게.
무슨 일 생기면 연락하고.
알았지? 수고.

네.
푹 쉬십시오.

어디 가서 해장국에
소주 한잔 어때?

조오치.

덕우야.
일어나.

201호 불 켜졌다.

어라?
사람, 언제
들어갔어요?

요 한 시간 동안
드나드는 사람 없었어.
낮에 내내 자다
이제 일어났나 본데…

나온다.
준비해.

팟

게이

못 봤겠죠?

글쎄. 박 선배한테 문자나 보내.

떡 떡

티 딕 티 딕

선배님. 반장표 집에서
나옴. 빨리 오세요

저벅

툭

저벅

?

쫓아가자.

끼긱

스윽

이 시간에
어딜 가는 거지?
술 마시러 가는 것
같진 않은데…

라이트 켜지
말고 조용히
따라가.

스르르

?

일단 지켜보자.

왜 저래?
쓰레기 몰래
버리려고
그러나?

저 자식,
저거 뭐 하는
거야…?

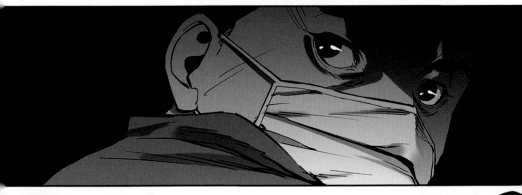

2권에서 계속

프릭 1

초판 1쇄 인쇄 2018년 9월 7일
초판 1쇄 발행 2018년 9월 20일

지은이 신진우 홍순식
펴낸이 김문식 최민석
편집 강전훈 이수민 김현진
디자인 손현주
편집디자인 홍순식 김대환

펴낸곳 (주)해피북스투유
출판등록 2016년 12월 12일 제2016-000343호
주소 서울시 마포구 독막로 178-1, 5층 (구수동)
전화 02)336-1203
팩스 02)336-1209

ISBN 979-11-88200-35-1 (04810)
       979-11-88200-34-4 (세트)